A New Life In America

Written By: Elsie Guerrero
Illustrated By: Nitya Ramlogan
Formatted and Designed By: Jerome Vernell Jr.

ELSIE PUBLISHING CO.

WWW.ELSIEGUERRERO.COM

ISBN-9781732757325

PRINTED IN THE UNITED STATES OF AMERICA.

This book is dedicated to all the children and youth who came to the United States. We call them **Dreamers**! Thank you for sharing your story.

My name is Juan, and I am from a small town in Honduras. Every morning, my father would get up at six in the morning to drive around town to sell tanks of water. The rooster crows to wake me up, and the rising sun creates funny shadows under the heavy leaves of the banana trees.

My mother flattens chunks of dough and warms them on the stove to make *tortillas* while my *abuela* crushes corn in the *metate* and I feed the chickens.

Honk! Honk! Uncle Enrique pulls up after we finished delivering water tanks to drive my father and I to the market to sell candies all afternoon.

9

When we got back from the market, I run straight to the field to meet my friends for a game of soccer. We took turns wearing my striped jersey and kick the ball with all our might! I love playing soccer.

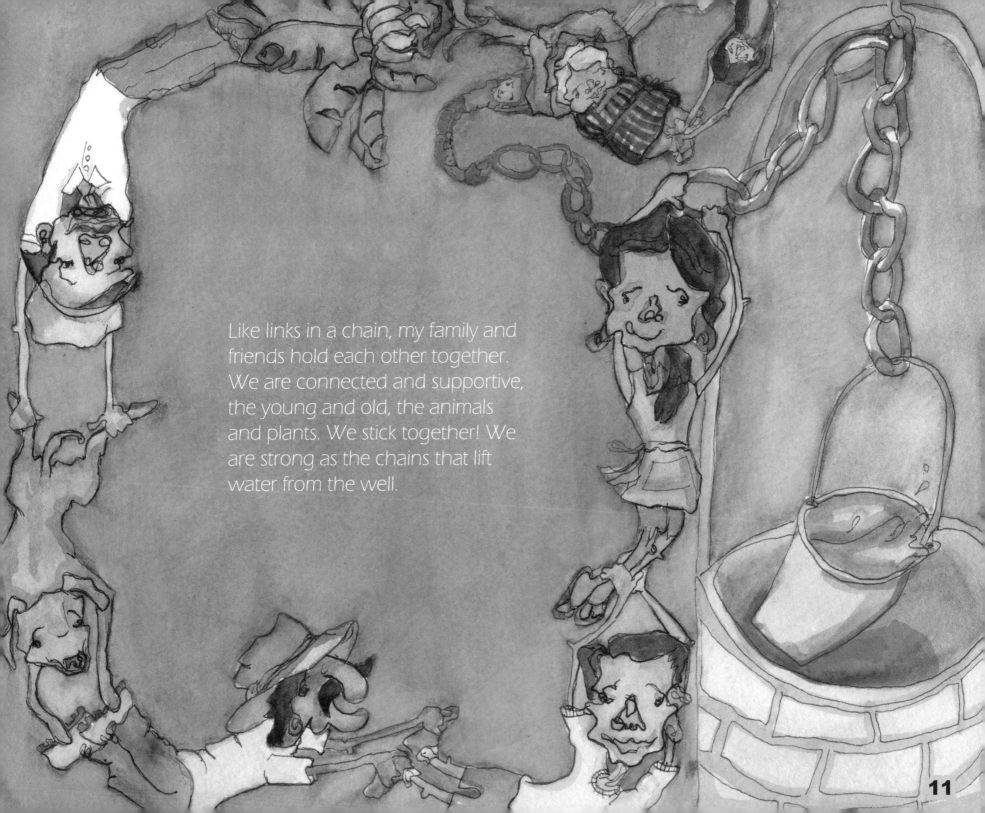

Like links in a chain, my family and
friends hold each other together.
We are connected and supportive,
the young and old, the animals
and plants. We stick together! We
are strong as the chains that lift
water from the well.

11

One day, I came home, and everyone was sitting at the table, waiting for me. My father told me we were going to America, where I could go to school, where he could find more work, and make more money to support the family and live a safer life.

"Pack your four favorite things!" said my father. "We have to leave before the sun rises." I grabbed the family picture, my striped jersey and told him that I wanted my mom and grandma to come too. "The journey is too scary, I have to stay here to take care of your abuela," said my mother.

13

We kissed good bye and parted ways.
And just like that, a piece of my home
was lifted up and carried away. I was
leaving the only place I knew.

14

My journey to America began with bumpy roads and wild grass. We drove for miles and then walked through many bushes. My father was determined to make it to America.

We arrived at a railroad and waited a while until we saw two tiny lights and heard an engine roar. "Here comes La Bestia, son! Hold on tight. I am here." Before I knew it, a man pulled our arms, and in one swift motion, we were all aboard. "What could be so special about America?" I thought.

My father did not sleep or even blink his eyes. I hugged him tight, struggling to keep my eyes open. Suddenly, the train came to a screeching halt. "Time's up!" the conductor shouted and everyone got off. Quietly, we ran in the dark with only the silver moonlight to guide us. I ran and ran as fast as I could to keep up with the group.

Splish! Splash! We made it to the river where I hopped on a raft and floated across in the dark night with only the silver moonlight to guide us.

18

Finally, we made it to land, to a dry, barren, dusty landscape. With no time to rest, we ran and ran hiding between cactuses and boulders. As the sun rose, the dawn lit up the big city in the distance. "This way to America!" pointed my father.

Later that day, we finally made it to my aunt's itty-bitty apartment where she lives with my uncle and four cousins, and now us. It's a tight squeeze. Immediately after arriving, my father began working with my uncle, packing fruits and veggies into boxes with my uncle by night and mowing lawns by day.

It is different here. Big, shiny, fast, scary, beautiful, busy, weird, exciting. Dad says it is temporary and soon we will bring my mother and grandmother, but for now it is home. We have a new home in America.

Nitya Ramlogan is a visual artist and educator. A New Life in America is Nitya's first published work as an illustrator of stories for children. Through her figure drawing studies and costume designing for theater, Nitya has developed a versatile and vivid visual language to portray the human form and to create stylized character renderings. She holds a B.Sc. in Foreign Service from Georgetown University, and her background in international development continues to influence her artistic creations.

Elsie Guerrero is the author of ABC, Now I Know Common Disabilities, I am Unique, How Emily and Eli Became Friends and The Beauty in Me. In 2016, she developed a passion to write about the Latino community. A New Life in America was inspired a by a little boy who shared his story. Her goal with all her children's books is to spread awareness about the kind of students elementary school students would see in their classrooms and promote inclusion for everyone. Elsie Guerrero obtained a bachelor's degree in Government (Political Science) with minors in Philosophy and Sociology from California State University, Sacramento, a master's in Public Affairs and Practical Politics from University of San Francisco and an Executive Master of Public Administration from Golden Gate University.

Did you like **A New Life in America**? Check out more books written by Elsie Guerrero at www.elsieguerrero.com.

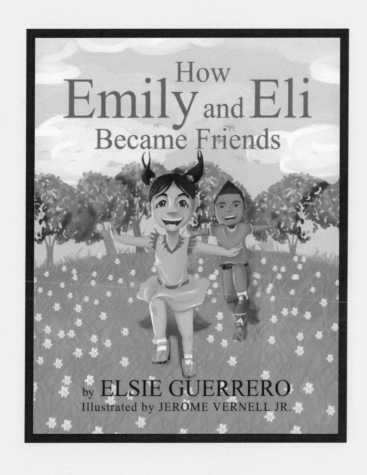

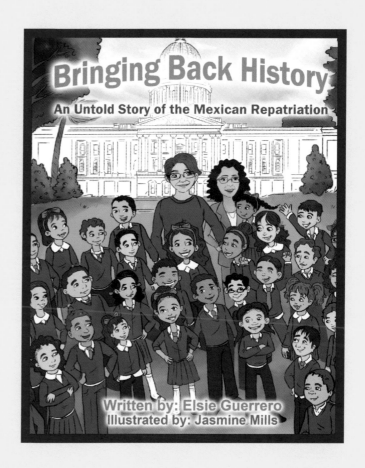

Una Nueva Vida en Los Estados Unidos

Escrito por: Elsie Guerrero
Ilustrado por: Nitya Ramlogan
Formateado y diseñado por: Jerome Vernell Jr.

ELSIE PUBLISHING CO.

WWW.ELSIEGUERRERO.COM

ISBN-9781732757325

Este libro está dedicado a todos los niños y jóvenes que vinieron a los Estados Unidos. Los llamamos **soñadores**! Gracias por compartir tu historia.

Mi nombre es Juan, y soy de un pequeño
pueblo en Honduras. Cada dia a las seis
de la mañana mi Papa se levanta para
conducir por la ciudad y vender tanques
de agua. El gallo canta para despertarme
y la luz del alba crea sombras divertidas
bajo las hojas pesadas de los plátanos.

6

Mi madre hace bolitas de masa
que convierte en tortillas y las
cocina en el comal. Mi abuela
muele maíz en el metate y yo le
doy de comer a los pollitos.

8

Tío Enrique y mi papá me recogen después de entregar tanques de agua. Vamos al mercado a vender caramelos. En el mercado, me acerco a la gente en cada pasillo, pidiéndoles que me compren dulces, mientras mi padre se para frente al mercado vendiendo la otra caja de dulces. La mejor parte de vender caramelos en el mercado es conocer gente nueva.

Cuando regresamos del mercado, corro directamente al campo a encontrarme con mis amigos para jugar futbol. Mis amigos y yo tomamos turnos para usar mi playera rayada y darle puntapié a la pelota con todas nuestras fuerzas. ¡Me encanta jugar futbol!

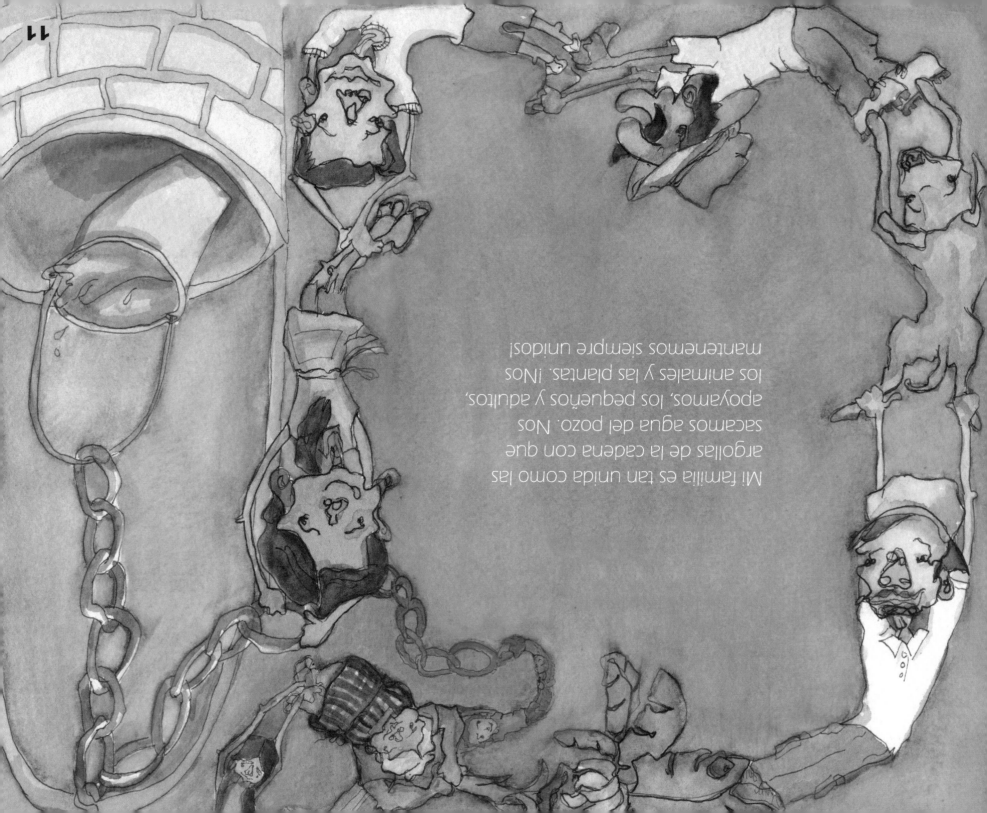

Mi familia es tan unida como las argollas de la cadena con que sacamos agua del pozo. Nos apoyamos, los pequeños y adultos, los animales y las plantas. ¡Nos mantenemos siempre unidos!

Un día, al llegar a casa, todos estaban sentados a la mesa, esperándome. Mi padre dijo que nos íbamos a los Estados Unidos, donde puedo ir a la escuela. Ahí, mi papá puede encontrar mas trabajo y ganar mas dinero para mantener a la familia y vivir una vida mas segura.

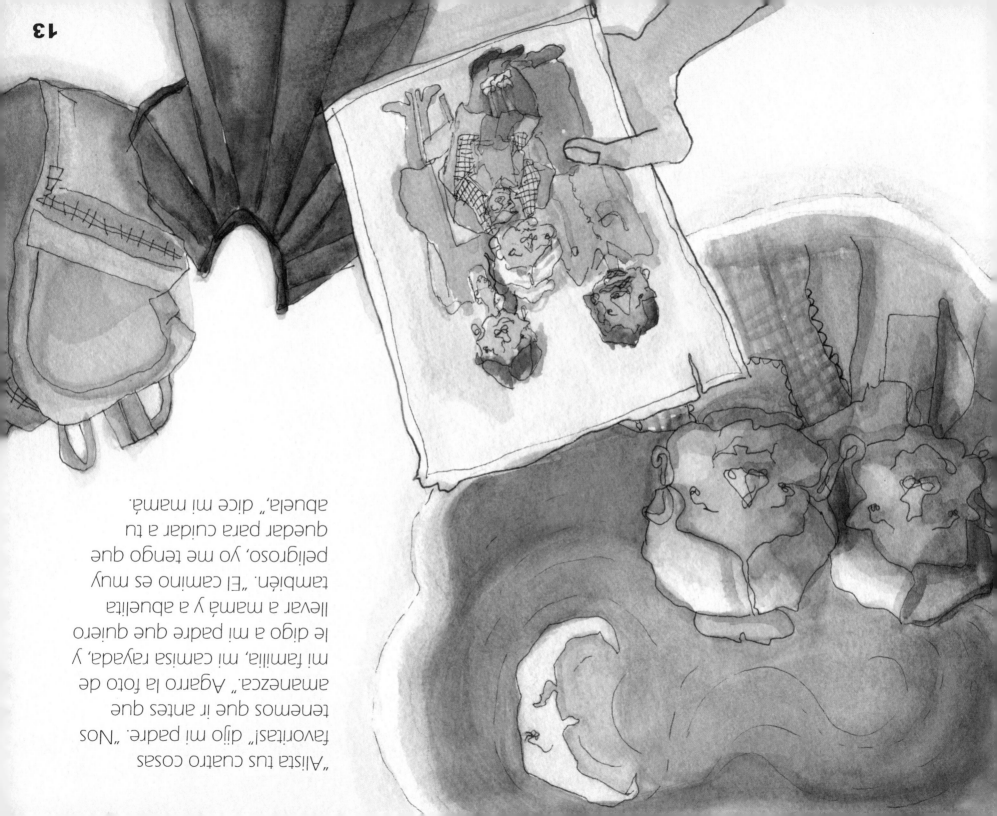

"Alista tus cuatro cosas
favoritas," dijo mi padre. "Nos
tenemos que ir antes que
amanezca." Agarro la foto de
mi familia, mi camisa rayada, y
le digo a mi padre que quiero
llevar a mamá y a abuelita
también. "El camino es muy
peligroso, yo me tengo que
quedar para cuidar a tu
abuela," dice mi mamá.

Nos despedimos con un beso antes de irnos. Y así nomas, una parte de mi hogar desaparece. Estoy dejando el único lugar que conozco.

14

Mi viaje hacia Estados Unidos empieza con caminos pedregosos y llanos de maleza. Manejamos muchos kilómetros y caminamos en medio de arbustos. Mi padre esta determinado a llegar a los Estados Unidos.

Llegamos a las vías del tren y esperamos un rato hasta ver dos luces diminutas y oír el rugido de un motor. "Aquí viene La Bestia, hijo! Agárrate fuerte, estoy aquí." Antes de darme cuenta, un hombre jaló nuestros brazos, y con un movimiento rápido, estábamos todos abordo. Qué habría tan especial en Estados Unidos? Ya extrañaba a mi mamá y a mi abuelita.

Mi padre no durmió, ni siquiera parpadeó. Lo abracé fuertemente, luchando por mantener los ojos abiertos. De pronto, el tren frenó muy ruidosamente. "Se acabo el viaje!", gritó el conductor, y todos nos bajamos. Silenciosamente, corrimos en la oscuridad con solo la luz de la luna guiándonos. Corrí y corrí lo mas rápido que pude para poder mantenerme con el grupo.

¡Splish! ¡Splash! Llegamos al río donde puedo subirme en una balsa y flotar hasta otro lado del río.

Finalmente llegamos a tierra, un paisaje árido y polvoso. Sin tiempo para descansar, corremos y nos escondemos en medio de cactus y rocas. Cuando el sol sale, la luz del alba alumbra la gran ciudad en la distancia. "¡Este es el camino a los Estados Unidos!" señala mi papá.

Ese día, más tarde, finalmente llegamos al departamento pequeñito de mi tía, donde vive con mi tío y cuatro primos, y ahora con nosotros. Un lugar muy estrecho. Inmediatamente, mi padre comienza a trabajar con mi tío, empacando frutas y vegetales en cajas por las noches, y cortando el pasto por el día.

Aquí todo es diferente. Grande,
brillante, activo, temeroso, raro y
emocionante. Papá dice que esto
es temporal y que pronto
traeremos a mi mamá y a mi
abuela . Pero por ahora este es
nuestro hogar. Tenemos un nuevo
hogar en los Estados Unidos.

Nitya Ramlogan es una educadora y una artista visual que trabaja con varios medios, como el carbon, la acuarela, la tina, y el grabado. "Una Nueva Vida en America" es el primer trabajo publicado de Nitya como ilustradora de cuentos infantiles. A traves de sus estudios de dibujo de figuras y diseno de vestuario para teatro, Nitya ha desarrollado un lenguaje visual versatil y vivido para representar la forma humana y crear representaciones de personajes. Nitya tiene un B.Sc. en el Servicio Exterior de la Universidad de Georgetown, y su experiencia en el desarrollo internacional continua influyendo en sus creaciones artisticas."

Elsie Guerrero es la autora de ABC, Now I Know Common Disabilities, I Am Unique, How Emily and Eli Became Friends y The Beauty in Me. En 2016, desarrolló una pasión por escribir sobre la comunidad latina. A New Life in America se inspiró en un niño que compartió su historia. Su objetivo con todos los libros para niños es difundir la conciencia sobre el tipo de estudiante que los estudiantes de primaria verían en sus aulas y promover la inclusión para todos. Elsie Guerrero obtuvo una licenciatura en Gobierno (Ciencias Políticas) con menores en Filosofía y Sociología de la Universidad Estatal de California en Sacramento, una maestría en Asuntos Públicos y Política Práctica de la Universidad de San Francisco y una Maestría Ejecutiva en Administración Pública de la Universidad Golden Gate.

¿Te ha gustado **Una Nueva Vida En Los Estados Unidos**?
Vea más libros escritos por Elsie Guerrero en www.elsieguerrero.com.

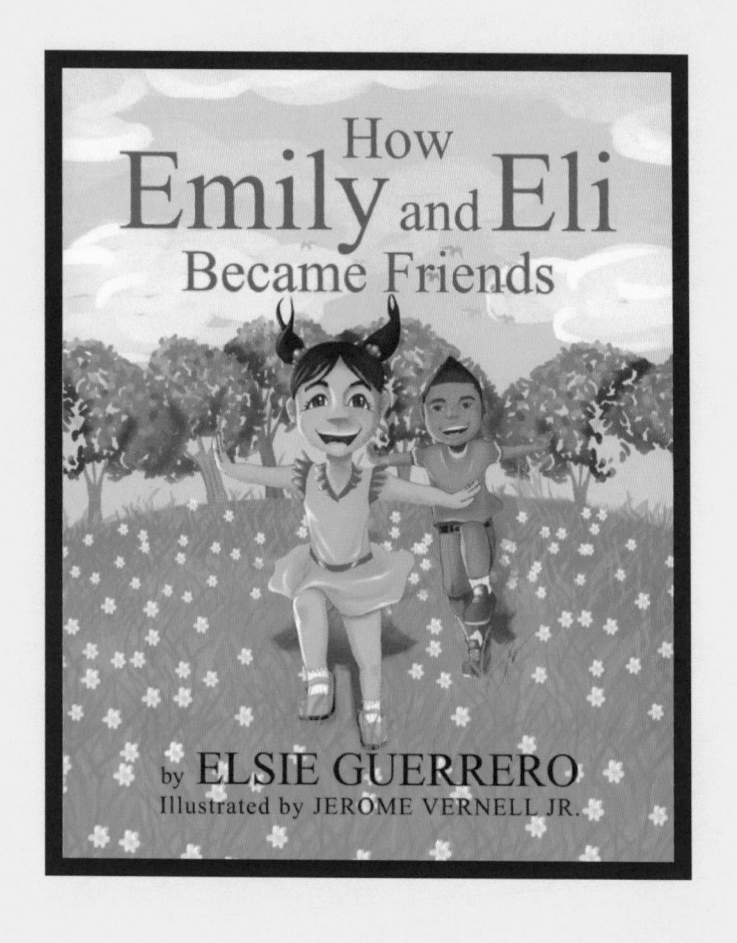

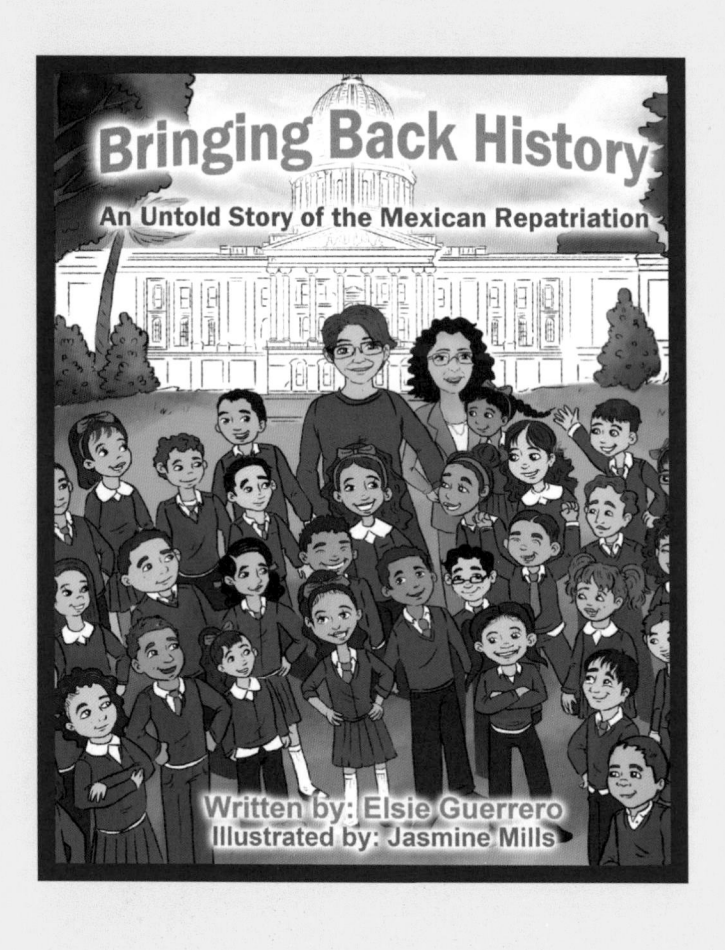